시안황금알 시인선 5

통점痛點에서 꽃이 핀다

홍은택 시집

시안황금알시인선 5

통점痛點에서 꽃이 핀다

1판 1쇄 | 2005년 11월 29일
1판 2쇄 | 2006년 4월 19일
1판 3쇄 | 2008년 3월 27일

지은이 | 홍은택
편집인 | 오탁번
펴낸곳 | 도서출판 황금알
펴낸이 | 金永馥

주   간 | 김영탁
편집실장 | 조경숙
표지디자인 | 칼라박스
주   소 | 서울시 중구 필동2가 124-11 2F
전   화 | 02)2275-9171
팩   스 | 02)2275-9172
이메일 | tibet21@hanmail.net
홈페이지 | http://goldegg21.com
출판등록 | 2003년 03월 26일(제10-2610호)

값 6,000원

ISBN 89-91601-24-3-03810

시안황금알 시인선 5

통점痛點에서 꽃이 핀다

홍은택 시집

황금알

결핍의 힘으로 살아왔다.
주머니에 뚫린 구멍의 힘.

2005년 겨울
목련마을 서재에서
홍은택

차 례

1부
원심분리 파편으로 피는 붉은 꽃잎들

2부

말발굽 아래 부서지는 알타이어의 관절들

3부
■ 시인의 얼굴과 육필 · 44

4부
통점(痛點)에서 꽃이 피다

5부

뿌리에 숨겨둔 어둠의 힘

1부

원심분리 파편으로 피는 붉은 꽃잎들

방안에 핀 동백

겨울이 가기 전에 꽃피고 싶었다 꽉 다문 잇새로 아뜩한
어지럼증이 새나왔다 이 방을 떠나야 한다 냉골의 장판에
싸늘한 몸을 세우려는 순간, 방안의 가구들이 휘잉 돈다 채
로 휘갈긴 팽이처럼 내 몸이 돈 것도 같다 몸속에 붉게 피
멍드는 것도 눈치 채지 못했다 캄캄한 방, 사방 벽에 별들
이 돌아 무서운 속도로 돌고 있다

춥다 지상에 서있는 것들 모두 이 어지럼증을 견디고 있
나 눈을 감아야 환히 보이는 회전의 관성, 너를 중심에 두
고 내가 도는지 내 속을 들여다보며 나 스스로 도는지 문밖
바람이 채찍으로 내 정신을 후려갈긴다 정수리 끝으로 몰
리는 피, 핑그르 원심분리 파편으로 피는 붉은 꽃잎들!

주저흔

사막에도 갈림길이 있다
모래 둔덕 사이 갈라진 길을 두고
머뭇거린 발자국들이 있다
곧 닥쳐올 모래폭풍에 휩쓸려
흔적조차 사라질 낯선 길과 길 앞에서
오래 주저주저한 낙타 발자국들이 어지럽다

한 생을 건너기가 그리 쉬웠을까
낙타의 갈라진 발바닥과 혹 위에 올라앉은 어둔 얼굴
검은 눈동자에 파란의 순간들이 이글거리고
저 세상으로 넘어가자 넘어가자 바람은 떨고
가늘게 흔들리는 면도날 푸른빛 속 살별의 무리
단칼에 끊지 못할 녹슨 욕망이 있었던 게다 필시
살별들이 베고 간 흰 손목 우 핏빛 빗금들
이미 내 몸이 사막이다

사막의 밤은 아름답고 어둡고 깊다*
물먹은 전갈자리 아래 불면이 배를 깔고 기어간다
깊은 어둠 속 유사流砂의 유혹이 흐르고

13

사막을 단숨에 건너가기 그리 쉽지 않았으리
지중해地中海 저편
흰 눈 덮어쓴 코카서스 빙벽이 어둠에 빠져든다

*로버트 프로스트의 〈눈오는 저녁 숲가에 서서〉

모나크나비

　모나크나비의 고향은 멕시코 북부의 소노라 사막, 밀크
위드 잎사귀에서 태어나 태평양연안을 따라 북상한다 해풍
을 뚫고 길을 내는 그 먼 장정을 목숨 하나론 마칠 수 없다
한 목숨이 알을 슬어놓고 숨진 자리에서 새 목숨이 태어나
길과 길을 잇는다 캐나다 국경까지 장장 삼천 킬로미터를
날아오르는, 갔던 길을 되돌아 몇 대에 걸쳐 최초의 잎사귀
로 정확히 귀환하는, 이 신비로운 비행의 비의秘意가 읽혀지
지 않는다

　나비꿈 꾸다 깬 사막의 새벽, 겨드랑이에 이슬이 말라있
다 밀크위드 초록 잎에 나비알 크기의 태양이 뜬다 탈피를
거듭하며 기지개를 켜는 태양, 전생의 바통을 받으려 팔을
뻗는 찰나, 나비의 첫 날갯짓이 사막의 고요를 흔든다 일제
히 날아오른 수천의 나비떼가 해안을 자라 북상한다 검은
띠를 두른 황갈색 날개에서 파생하는, 전생의 산란하는 반
짝임이 잉크빛 바다로 번져간다

꾀꼬리마루

도쿠가와 이에야스가 지었다는 교토 니조성城, 복도의 마루판을 밟으면 마루 밑 둥근 꺾쇠가 못과 마찰하여 짧게 새울음을 내지른다. 사백년 전, 암살자의 야음 침입을 막기 위한 정교한 경보장치다

신발을 벗고 올라서자 발바닥 밑 꾀꼬리 비명이 튄다 문 없는 벽에서 불안의 장력으로 튕겨 나온 닌자의 칼끝, 찢긴 벽화 금칠 노송의 둥치에 식은땀이 흐른다 팽팽한 불안과 어둠의 저 긴 복도 끝으로 그의 불면이 누워있다

서른세 개의 방, 수십 개의 문 그 안쪽에 내 영혼의 불면이 들어앉았다 귀 열어두고 빗장뼈에 꺾쇠를 달아놓았다 벽화 속 불안한 바람이 인다 솔잎 끝에 찔린 적요, 지금, 누가, 내 영혼의 빗장뼈를 밟았다!

화장火葬

   할아버지의 굳은 잠을 판다 꼬박 다섯 해를 누워 계셨다 그만 돌아눕고 싶구나 곡괭이 날에 푸른 돌 불꽃이 튄다 얘야 장지문을 열어다오 무른 살을 삽으로 문짝만큼 떠낸다 살점들이 푸들거리며 참았던 숨을 토한다 토해진 할아버지의 시간이 푸드득 날아오른다 까마귀 몇, 장지문 밖 삼나무 어깨에 앉아있다

   할아버지 그만 일어나세요 삼나무가 흔들린다 침침한 방, 눅눅한 잠의 흰 뼈들이 인광燐光을 발하며 눈을 뜬다 중풍 든 시간의 뼛조각들을 수습해 불을 지핀다 뼛속이 뜨겁다 탁, 탁, 굳은 불면이 갈라터지는 소리 한 그루 침엽수로 일어서는 혼의 불, 삼나무 위로 검불인 듯 떠오르다 혼곤한 내 잠 속으로 쏟아져 내리는 까마귀떼!

파두

    자갈치 좌판 모퉁이, 칼칼한 웃음소리가 달의 지느러밀 얇게 저며 한 접시 깔아 내민다 전파사 스피커에서 흘러나온 파두가 길을 건너온다 탁자 너머 검은 빌로드 치마 밑 맨발의 그녀, 소주잔을 쥔 그녀의 입김이 공중에 얼어붙는다

    리스본의 바다가 출렁이는 유리잔 속을 아말리아의 눈빛으로 들여다본다 카바이드 불빛을 안고 떠오르는 미샤의 경쾌한 슬픔, 베빈다의 음색으로 입술을 열어 복화술로 노래하는 그녀
    사랑한다는 건 조금씩 죽는 거예요* 돛폭 위 반쯤 걸린 달의 하혈, 날치떼 튀어오르는 이물에서 은빛 지느러밀 솟구쳐 바다 속으로 돌아가고 싶었어요 사우다드, 사우다드,

    파두 가락이 내 발목에 닻을 걸고 겨울바다로 잠겨든다 운명은 걸음이 느리다고 막잔을 감싸쥐며 노래하는 그녀의 실루엣, 목울대가 없다

    * 이영희의 소설 「파두」에서.

18

몬순

너와 함께 우기雨期가 돌아왔다 사막의 강이 범람하자 사람들은 대문에 빗장을 걸고 숨을 죽였다 어둔 골방에 웅크리고 앉아 나는 사전을 뒤적였다 네 이름의 어근을 찾아 갈피를 넘길 때마다 마른번개가 두터운 하늘을 갈랐다 창문 밖 거리에선 구름의 무게를 이기지 못해 가로수 생가지 찢어지는 소리가 들려왔다 편서풍을 동반한 폭우가 쏟아졌다 무수히 작달비 꽂히는 광장엔 너 혼자뿐이었다 풍문風聞이었을까 광장의 서쪽 끝, 자귀나무 아래 고개 숙이고 서서 너는 악보에도 없는 세레나데를 불렀다 나지막한 목소리에 귀 기울이던 자귀나무가 가만히 잎을 접었다 잎사귀 끝에서 어둠이 뚝뚝 떨어졌다 은유의 알전구들이 복사꽃처럼 피어났다

자청비

제주 섬 농사일 맡아보던 여신이라는데
아니 그 이름을 딴 이십도 짜리 청주라는데
독한 빗물 같은 자청비紫靑妃가 목젖을 타넘는 봄밤
그 부피만큼 내 몸 한 구석이 빗물로 지워지는데
발가락이 심장이 눈썹이 꼭 한 뼘씩 가벼워지는데
빗속인 듯 안개속인 듯 윤곽이 사라진 그녀
내 몸을 허공에 띄워 어디론가 자꾸 밀고 가는데
다 지워진 몸이 젖어 캄캄한 기억 속으로 가라앉는데
쿡, 쿡, 쑤시는 기억의 관절마다 푸른 불꽃으로 피는
그녀는 육탈한 내 몸피를 뚫고 환생하는 꽃잎인데
없는 손 뻗어 꽃잎 따 먹는 입술이 또 붉은 꽃잎인데

청양고추

초록의 문장 하나 으적 베어 문다
자음과 모음의 흰 알갱이들이 씹힌다
뇌관에 연결된 화약뭉치처럼
입안에서 뇌 속으로 전송되는 이미지의 폭약

묵정밭 귀퉁이에서
점화의 순간을 기다리며
뇌관이, 화약이 익고 있다

유혈목이

목 어름에 피처럼 붉은 꽃무늬가 있다
살모사는 송곳니로 독을 뿜지만
유혈목이는 어금니에 독을 감췄다
어금니 깊숙이 물리는 자만이
그가 독사인 줄 안다 깨달았을 땐 이미
꽃뱀의 노을이 실핏줄까지 퍼지고 있을 것이다

그녀의 어금니에 덥석 물려
깔닥, 깔닥, 핏기를 잃어가는
파들거리는 입술로 발화하는
목젖이 타, 받아 적을 잉크가 다 마르고 나서야
그녀가 유혈목이의 일족인 줄 알았다
번개치듯 손톱살까지 번진 노을빛 시독詩毒

내 목 어름에 붉은 무늬가 생겼는지
어금니께가 자꾸 근질거린다

행자승의 근황

만해사 행자승은 스물두 살, 곱상한 얼굴에 근력이 참 세
지 험한 일 꽤나 겪어봤다는 그는 디지털 행자승, 엠피쓰리
다운받아 씨디로 노랠 굽지 이어폰 구에 꽂고 세상과 접속
하지 온갖 장르 섭렵한 그의 휘이버릿 싱어는 크라잉 넛, 밤
색 승복을 펄럭이며 말 달리지 하루 두 번, 영혼의 갈기털
휘날리며 말 달리지 두두두두두두두두두 행자승의 법고法鼓
소리 참 예술이지 드럼 치듯 백팔 비트로 읽어가는 그의 독
경소리 참 경쾌하지 크라잉 크라잉 행자승은 스물두 살, 호
두알 머리 속 초고속으로 질주하는 말발굽 소리

옻오르다

옻닭을 먹고 온몸에
연분홍 꽃잎이 돋았다
닭의 몸을 빌려 내 속에 들어온
옻나무가 제 꽃잎들을 내 몸 밖으로 밀어낸다
꽃잎의 연분홍 깃털들이
닭의 퇴화된 날갯짓으로 퍼득이는
참을 수 없이 무거운 생의 이 가려움!

손톱에 날을 세워
꽃잎 연한 살갗에 칼집을 낸다
끈적이는 인연들이 염주알처럼 흘러나와
날아오르려는 더운 몸짓을 덮는다
연분홍 깃털들 젖어 검붉다 고요하다
응결되어 칠흑의 투명으로 빛나는
더는 벌레먹지 않는

내 몸은 지금
퇴화된 날짐승이 남긴
옻칠 경판經板을 읽고 있다

사북에서의 하룻밤

– 정선 카지노

산정 가까운 곳 저 장엄한 성채
레이저빔이 섹시한 성의 몸매를 훑자
인공호수에 뜬 테마파크 한쪽 벽 화면 위로
거인 케니 G의 실루엣이 흘러내린다
탄광촌을 울리는 천상의 색소폰 선율에 홀려
나는 엘리베이터를 타고 수직갱도를 내려간다
수퍼에어클리너가 없으면 숨을 쉴 수 없는 곳
암흑이 빛을 밀어내는 수평갱도는 광부들로 우글거린다
연장을 들고 지하 수백 미터를 파들어간다
제몫의 광맥을 찾는 사람들 표정이 심각하다
곡괭이질을 반복할수록 점점 깊어지는 검은 구멍
몇 피트만 더 가면 광맥이 터질 것 같은데
조금만 더 파들어 가면 노다지가 쏟아질 것 같은데
갱도 버팀목 이음새에서 촤르르 검은 칩 떨어지는 소리
고생대 석탄기 울창한 숲 속에서 길을 잃었다
거대한 익룡의 뱃속에서 눈뜨고 잠이 들었다 지독한
알콜 기운 속에 떠 있는 천공의 성에서

2부

말발굽 아래 부서지는 알타이어의 관절들

나바호 인디언 유적지에서

– 순례의 잠 1

몇 개의 지평선을 넘어왔다
오랜 순례 끝에 당도한
평원 아래 깊게 패인 붉은 암벽의 계곡
유적은 폐허의 다른 말이었던가
주민들은 증발하고 마을은 비었다
육안을 벗어날 무렵의 거리쯤에
허물인 듯 벗어놓은 흙집 이백여 채
눈짓으로 나바호족族의 행방을 묻자
아스펜나무 잎사귀들이 일제히 술렁인다
그들의 언어를 내 귓속에 쏟아 붓는다
모든 것을 말했으나 아무 것도 전하지 않은
연두빛 바람의 상형문자들
흙집 속에 들어가 컴컴하게 눕는다
언젠가 내가 살았던 것 같은
내가 버리고 떠났다 돌아온 것 같은
낯설지 않은 붉은 평원에서의 선잠
나무껍질이 은백색으로 빛나는 아침엔
내 몸 속으로 난 길을 따라 불어간
풍화風化한 폐허를 보게 될 것이다

마뉴먼트 밸리
– 순례의 잠 2

1

시베리아 너머 뭍으로 이어진 베링해협을 건너왔지요 구
석기시대가 끝나 가는 혹한의 겨울이었대요 알래스카를 거
쳐 태평양 연안을 따라 내려왔는데 으린 아직도 모계중심
이에요 혼례 후엔 처가 근처에 살아요 몽고반점이요? 보세
요 검은 직모, 편평한 얼굴, 돌출한 광대뼈, 단단한 턱, 영
락없는 당신 골격이잖아요

2

입을 꾹 다문 그는 다시
저물녘 붉은 바위산의 표정이 되었다
역광으로 깊게 패인 옆얼굴의 윤곽
어두워진 그와 나의 대륙 사이에 지금
베링해협의 파고波高가 높다
코발트빛 북극의 바다가 출렁이는
그의 눈빛에 얽혀든 것이 화근이었다

3

난생 처음 울타리 밖에서 말을 탄다
어슬픈 몸짓으로 등자에 발을 건다
거대한 협곡, 샌드스톤의 붉은 신비 속으로
행렬을 지어 들어서는 유목민의 후예들
휙 스치는 불안의 그림자 위로 날아가는 매
손아귀에 땀이 축축하도록 말 고삐를 움켜쥔다
울타리 밖에서도 달릴 수 없는 재갈물린 나의 말
후미에 섰던 그가 별안간 대열을 이탈하여
내 소심함을 비웃듯 평원을 질주해간다

4

붉은 땅 위에서의 하룻밤 꿈길 속으로
열일곱 살의 인디언 청년 켄 고로가 말 달린다
붉은 살갗의 청년이 일으키는 거센 먼지바람이
불면으로 뒤척이는 내 몸을 가랑잎처럼 뒤집는다
잎맥 따라 뻗은 내 사지의 길을 말이 달린다
말의 발굽 아래 부서지는 알타이어의 관절들!

코코펠리* 1
– 몸의 노래

검은 구름이 살구빛 달을 입술에 물었네 달은 내 나무피리 끝에 열린 둥근 열매라네 쉬잇, 들여다볼수록 속 깊어 캄캄해지네 달은 텅 빈 우물이야 두레박 같은 운명이 그믐밤 우물 바닥을 치네 차오르네 시린 금빛으로, 조금씩, 지금은 사람의 마을로 내려가야 할 시간, 신의 마음을 벗고 사람의 몸을 입어야 하네 날숨과 들숨이 어긋나며 자리를 바꾸네 풋살구 한입 깨문 듯 입안 가득 슬픔이 차오르네 목 젖이 환해지네 봐, 우물에 물 넘치듯 천지간에 뿌려지는 금빛 깃털 모양의 음표들! 너울대는 깃털의 몸짓으로 내가 곱사춤을 추네 팔로버디 잎새 그늘 속 숨죽인 눈빛들이 나를 지켜보네 몸을 지닌 자들의 슬픔 한 잎, 피리를 불며 나는 붉은 바위벽으로 걸어 들어가네 정지된 풍경의 내 등 뒤로 골짜기를 감도는 오래된 달빛 소리

코코펠리 2
– 그녀의 노래

당신이 피리를 불자,
작고 옹근 내 몸 속 옥수수 씨가 싹을 틔웠어요
달빛 차올리며 당신이 흰 등으로 춤을 추자,
음표를 닮은 떡잎 하나 입술 열어 노래했지요

비구름을 끌어 덮고 들판에 누웠어요 붉은 바람이 자꾸
내 몸 갈피를 넘겨요 움푹 팬 고랑마다 씨앗 한 알씩 묻고
가요 연두빛 슬픔 움트는 소리 빗소리 당신이 내 몸을 건너
가는 소리 빗소리 사람의 몸을 벗고 당신이 떠나가는 소리
빗줄기 속에서 들판 가득 옥수수 씨 알갱이 여무는 소리 샛
노랗게 타는 소리 빗소리

들판에 옥수수 잎새들 푸드득 날개짓 소리 소란했지만
푸른 그 소리들 한 입 가득 물고 날아오른 건
내 몸밭의 이랑을 꾹꾹 밟고 다니던 당신의 피리소리

그 후, 세상의 음악은 당신이 벗어놓은 잎새들 우는 소리
였는지 세상의 춤은 몸을 벗을 수 없는 내 영혼이 젖은 깃
털 푸득이는 몸짓이었는지 슬픔이 피리 구멍마다 띄워 올
리는 옥수수 알갱이만한 달, 빛 소리

코코펠리 3
– 눈빛의 노래

태초에 눈빛이 있었다 연두빛 나비인 듯 팔랑이는 팔로 버디 어린 잎새의 눈빛, 마른 그녀의 눈빛이 그의 피리 소리에 젖는다 검은 피리 구멍 속 떨리는 그의 눈빛 숨결, 나비가 공중으로 걸어간 설렘의 흔적을 가파른 피리의 숨결이 꿰어 물고 가로지른다

태초에 눈빛이 있었다 사랑은 바라봄과 보여짐이 어긋나며 짜는 불안한 눈빛 그물이다 바람이 빠져나간 촘촘한 그물눈에 초승달이 의혹의 미늘을 건다 차오르는 힘으로 당긴다 흔들리는 그물, 키를 넘긴 옥수수 푸른 잎새들이 수런거린다 옥수수 알 노랗게 익어 출렁이며 너른 들판을 뒤덮는 불안과 의혹의 눈빛 그물!

아무도 눈뜨지 않은 새벽, 그가 떠난 들판을 서성이는 눈빛이 있다 꿈결처럼 귓속을 울리는 피리 소리, 그물을 덮고 잠든 그녀가 눈을 뜬다 눈가에 시린 샘물처럼 고이는 피리 소리, 반쯤 닫힌 창문 틈으로 초승달 가는 눈빛이 서늘하다

몬테주마 캐슬

중세 유럽의 위풍당당한 성채가 아니다

직립의 흙벽을 파들어 간 인디언들의 벌집이다

소노라 사막, 아스펜나무가 초록의 군락을 이룬 곳에

아메리카 인디언들의 혈거穴居가 있다 높다란 흙벽

동공 없는 수백의 눈구멍들이 우묵하게 패어있다

아스펜나무 둥치에 웅크려 앉아

붉은 잇몸으로 웃는 인디언 처녀의 캄캄한 눈구멍 속

사금砂金을 품고 흐르는 폐광의 구름

부소산성

    그 아득하던 날의 꽃잎들이 몸을 날린다 부소산성 낙화
암 절벽 수천 수백의 동백꽃들이 지금 유월인데 눈 시린 햇
살 속에 붉게 벙글며 낙하한다 고란사 어귀에서 강가 모래
톱에서 절벽을 향하는 내 까만 눈동자 속을 그 시선들의 흘
러가는 물살 속을 매순간 어김없이 침범하는 저 꽃잎들

    산성뒤후미진길을회고조로걷는다부서진망루틈새로병사
들의투구가우두둑솟아올라올가미를화살촉을던진다날린다
꽁꽁묶여촉촉촉피흘리며현재진행형으로바뀌는걸음둥둥둥
아,북소리

    황산벌의 패전을 알리는 숨찬 파발마가 가로수 터널 천
삼백여 개를 지나 비상등을 켠 채 시속 백이십 킬로미터로
국도를 달려오고 말발굽에 채여 황토 뽀얀 먼지를 뚫고 튀
는 자갈 하나, 내 일상의 뒤꼭지를 후려친다

남한산성 행궁터

날이 저문다 깃발로 펄럭이는 바람의 머리카락 보인다
길 따라 진군해 온 어둠이 바람의 발목을 지운다 깃발이 부
러지고 발 밑 망초 무리가 일제히 쓰러진다 건너편 산등성
이에서 은빛 햇살이 어둠의 심장에 날아와 박힌다 붉은 피
흘린다 적송 고목이 뿌리째 넘어진다 산탄散彈처럼 흩어지
는 되새떼의 비명소리에 햇살이 제 허리를 꺾는다 아무 것
도 더는 서있을 수 없는 행궁터, 몇 세기의 흔적이 한 개 주
춧돌로 남는다

수령樹齡 사백십 년의 느티나무가 내장을 텅 비워낸 자리,
피둥피둥한 시간이 웅크려 앉아 들고양이의 눈빛으로 내
미간을 노려본다

북방식 고인돌
– 강화 부근리에서

누가 내 다리를 돌로 눌러 놓았나 잡목숲 헤치고 순록 쫓아 치달리던 다리, 오랜 세월 시린 무릎 뚫고 하양 파꽃 같은 별 떨어진다 누가 내 팔을 바위로 눌러 놓았나 적의 눈빛 겨눠 손도끼 휘두르던 두 팔, 끊어진 힘줄 끝 청동 팔찌에 갇힌 달이 녹슨다 어둔 땅 속에 누의 얼었다 녹기를 수천 번, 오랜 굴성으로 조립식 아파트 안에 누운 내 몸이 녹슨다 천장 벽지에 지린 꿈의 벽화가 꿈틀거린다 벽화의 힘줄이 둥글게 부풀어 오른다 불끈 일어서는 두 다리의 근육, 종마가 되어 달린다 야생을 쫓아 잡목숲을 뚫고 질주한다 마른 가지들 투두둑 부러져나간다 들끓는 숲 위로 무너져 내리는 콘크리트 천장, 누가 눌러 놓았나

칠월 백중, 남천바다

배란기의 남천바다가
여문 난자卵子 한 알 허공에 밀어 올린다
잉크빛 양수 위에 뜬 노란 달이
물살의 힘줄을 끌어당긴다
칠월 백중의 달은 힘이 세다
부풀어 오르는 물살 위로 비단길 하나 펼쳐치고
하얀거를 마친 단봉單峰 낙타가 걸음을 놓는다
왼발이 빠지기 전에 오른발을
찰박, 찰박, 금빛 모래 부서진다
가시풀 씹어 입 안에 핏물 고인다
조금씩 가팔라지는 숨결에 몸이 덥다
천산을 향해 고비를 넘어가는
백중사리의 남천바다

파헬벨의 캐논

한밤중 저수지 한복판에 서본 자는 알지 겨울 깊을수록 더욱 견고해지는 제 가슴팍의 부피를 견디다 못해 쩡, 쩡, 걸어온 길들이 쩌개지는 소리 밤새 투명한 달빛 얼음장 밑을 눈으로 더듬었다 이쯤일 거야 한낮에 빠트린 얼굴 하나 말갛게 씻겨 있다 도끼 푸른 날을 머리위로 치켜 올렸어 쾅, 쾅, 사방으로 튀는 달빛 조각들 제 발밑 얼음장을 내려찍는 마음에 금이 가듯 늑골의 통증, 실금으로 뻗어가는 가지 끝에서 겨울 흰 물매화 몇 솔이 환히 터지듯

파헬벨의 캐논,
투명한 악보위에 환청으로 터지는 눈발

하늘거리

하늘의 높이를 아시는지 해발 천오백사십오 미터, 태산泰山 정상의 턱밑에서 느닷없이 「천가天街」라 쓰인 홍살문을 만난다 칠천사백십이 개의 돌계단을 숨겹게 올라 칠천사백십이 개의 땀구멍이 활짝 열려야 가 닿는 곳, 구름이 갖가지 체 위로 목젖을 휘감는 어름에 마리화나 피운 듯 떠 있다 하늘거리, 즐비한 간판들이 목화솜구름에 젖는다 거리 끝 찻집 이름도 젖고 있다

「우금래雨今來」, 금방 비가 올 거야 양떼구름이 새털구름으로 몸을 바꾼다 이곳은 사람의 거리가 아니야 향 다발 품고 돌계단을 새까맣게 포복하는 개미들 오아시스에 이르는 길은 사막에 있다 하늘로 오르지 못하는 향 연기 먹먹히 번지는 하늘거리 마른번개가 침향빛 하늘을 쪼갠다 환영인 듯 서역으로 넘어가는 비단길이 보였던가 끝내 오지 않을 비를 기다리는 사람들의 거리, 하늘거리에서

공림孔林에서

한 여자를 두고 왔다
거대한 무덤의 숲가에 눈빛 하나 두고 왔다
공자孔子의 운구 행렬을 뒤따르듯
노점상들이 좌우로 길게 늘어선 거리
끄트머리에 자주 물 빠진 셔츠를 입고
남루한 좌판처럼 앉은 키 작은 여자

몇 번인가 격렬한 사랑을 나눈 내 꿈속의
낯익은 그녀를 닮았다 눈빛으로 기억하는 사랑
화르륵 타오르는 먹오디 빛 눈망울 깊숙이
고구려 적 눈보라가 캄캄하게 일고 있다 누구인가
핏줄 당기듯 내 소매 끝을 당기는 이 여자
정표처럼 수줍게 내미는 좌판의 노리개 하나
받아든다 들러붙는 생각의 주름 툭, 툭, 털지 못하고
발을 끌며 그녀의 서툰 모국어와 이별한다 어느 틈에
그녀의 눈빛이 황하黃河의 물살에 쓸리고 있다

한 여자를 두고 왔다
죽은 사람 하나가 산 사람 수십만을 먹여 살리는

무덤의 왕국, 귀퉁이에 핀 자주 꽃 한 포기,
몇 생을 비껴간 내 배냇사랑인지도 모를
그녀를 두고 왔다 그 땅에 나서 자란 그녀를
난 자꾸 두고 왔다고 고집한다

황막한 대륙, 눈보라 치는 변방의 씨앗으로 떠돌다가
죽은 자의 왕국 육중한 담장 밑에 핀 오랑캐꽃,
검붉은 자주로 핀 그녀의 눈빛!

3부

■ 시인의 얼굴과 육필

흰 꽃, 정수리에서 터지다

홍 은 택

정수리는 몸통의 끝,
정신이 바람을 불어들이는 숨구멍이다
사망을 건너는 에 오십 년이 걸렸다
네 손길이 만지러 간 가지 끝마다
붉은 핏방울
그 힘으로 견딘 상처가 흰 꽃으로
핀다
시간의 모해양에서 떠도 길로 끌려올린
내 오랜 그리움이 팝콘처럼 터진다
기름 바람을 향해 열린 꽃잎들의 문
하루해가 가기 전 어둡게 닫힌 레지
만, 오늘 밤
갑각이 정신으로 바뀌는 痛點에서 꽃
은 환히 핀다
흰 꽃은 붉은 피보다 더 붉다
선인장 흰 꽃은 정수리에서 터진다

4부

통점痛點에서 꽃이 피다

흰 꽃, 정수리에서 터지다

정수리는 몸통의 끝,
정신이 바람을 불러들이는 숨구멍이다
사막을 건너는 데 오십 년이 걸렸다
네 손길이 만지고 간 가시 끝마다 붉은 핏방울
그 힘으로 견딘 상처가 흰 꽃잎으로 핀다
시간의 모래땅에서 펌프질로 끌어올린
내 오랜 그리움이 팝콘처럼 터진다
지금 바람을 향해 열린 꽃잎들의 문
하루해가 가기 전 어둡게 닫힐 테지만, 오늘 밤
감각이 정신으로 바뀌는 통점痛點에서 꽃은 환히 핀다
흰 꽃은 붉은 피보다 더 붉다
선인장 흰 꽃은 정수리에서 터진다

선인장의 편지 1
– 아메리카 인디언

습도계의 눈금이
4%를 가리킨다
시간의 지층을 뚫고 증발해버린 건
수분만이 아니었다
퍼붓는 빛살에 대한 증오를
숭배로 바꾸었던 살갗 붉은 종족
증발한 그들의 슬픔이 미라가 되어
붉은 먼지바람으로 사막을 떠돈다
지층의 살갗에 버석이는 소금기는
그들이 남긴 유적이다
저항할 수 없는 것을 숭배하라!
뇌 속의 공이를 치는 쟁쟁한 이명耳鳴
뻣뻣이 고개 드는 것들을 향해
불을 뿜는 황금 빛살의 무차별 기총소사機銃掃射
황야에 납작 엎드린 흙집들이
표면적을 줄이려
안간힘을
쓴
다

선인장의 편지 2
– 가시

둥글게 살아야 해!
힘줄을 팽팽하게 안으로 당긴다
질긴 생각 몇 가닥 목숨껏 움키다
놓친다 반작용의 탄력으로
튀어나간다 진초록 갑옷을
화살촉으로 뚫고나가다 부러진 생각, 생각들
부러진 단층 틈으로 쓸개즙이 돋는다

붉은 사막의 암벽 그늘 아래로 당신,
내게 목 축이러 올 테냐고 묻고 싶었지만

선인장의 편지 3
– 사막의 독법

팔꿈치까지 돋는데 칠십 년이 걸렸다 팔목을 뽑아 올리려면 삼십 년은 더 기다려야 해 안테나가 되고 싶었어 바위벽 아래 목을 길게 뽑고 양팔을 니은 자로 벌린 초록의 안테나, 바위벽 동굴 박쥐가 부러웠지 초음파를 날려 상대를 느끼는 박쥐의 촉각, 그건 퇴화된 내 상상력이야

초음파 물살을 타고 소노라 사막의 밤하늘을 날아간다 가서 동굴벽화의 음각을 더듬듯 당신의 붉은 숨결을 만진다 가늘게 떨리는 내 손끝에서 당신은 파동치며 흘러내리는 그림문자, 흘러내려 모래언덕으로 누운 아라비아의 세헤라자데, 미묘하게 굴곡이 지는 당신의 숨결을 수신하지 눈길만 닿아도 부서지는 당신을 해독하다가, 천 개의 문을 지나도 열 수 없는 당신 옷고름을 풀다가, 동틀녘 황금 빛살 잘게 꺾어 들고 붉은 바위벽 아래 지쳐 돌아오는 그런,

선인장의 편지 4
– 릴리토 강江

우기雨期에만 흐르는 사막의 강,
범람하던 물줄기가 모래톱 속에 스며들었다

몸통보다 긴 꼬리를 끊고 도마뱀처럼 사라진
등줄기 푸르던 강물, 끊겨져나간 흔적을
마른 눈길로 더듬는다

드러난 마음 바닥에 물풀 몇 포기
꼬리 끝에 아문 생채기 같다
이미지로만 남아 흔들리는 푸른 몸통의 기억들

지금 섭씨 사십 도의 붉은 눈금 위아래
빈혈의 풀줄기들이 흔들리는 건
소노라 사막에서 불어오는 먼지바람 탓이 아니다

우기에만 흐르는 강, 바닥에 서서
날 저물도록 내가 출렁이는 건
풀뿌리의 마음을 가진 탓은 더욱 아니다

내 기억의 물관을 타고 오르며
등줄기 푸른 시간들이 몸을 뒤척일 때
마른번개가 찢어 놓은 하늘
금간 얼굴 하나

선인장의 편지 5
– 전갈자리가 뜨면 오리온자리가 진다

발갛게 빛나는 전갈 한 마리
내 혈관 속에 넣어 키운다
더 늦기 전에 꽃 상자에 조심스레 가두어
첨부파일로 당신에게 전송해야 할 텐데
도무지 몸 밖으로 나오려 하질 않는다 그놈
끝내는 돌아서서 내 심장 벽에 독침을 꽂고 말 거야
실핏줄까지 전류가 흐르듯 독선이 퍼져 나는
까마득히 청천 하늘에 별자리로 박히겠지
마른번개 치는 새벽, 오지 않는 메일에 답신을 쓴다
당신에게 치명상을 입힐 말 고르기에 고심하다가
자음과 모음의 모서리마다 독즙 바르기에 골몰하다가
딜리트 키에 잘려나간 맹독성 낱말들이 뭇별로 뜬다
모니터 화면보호기에 별자리로 떠 나를 쏘아본다
붉은 눈빛 내뿜으며 내 미간을 노리는 전갈자리!

선인장의 편지 6
– 카탈리나 산山

미처 땅에 닿지 못한 눈발들이
모래바람에 섞여 내 얼굴을 후려친다

돌개바람이 카탈리나 산꼭대기를 숨겹게 넘어간 뒤
팍팍한 황야의 가슴 가득 쏟아지는 진눈깨비

어둑한 하늘을 찢고 붉은 전갈좌가 뜨고
망명의 땅에서 난 아무 것도 뉘우칠 것이 없는데

뼈마디에 들러붙은 진눈깨비 녹지 않는다
겨울 사막에 오한이 들어

선인장의 편지 7
– 낙타의 시간

봐라, 저기 간다
쓸쓸한 하루가 또 나를 비껴
타박타박 낙타의 보폭으로 걸어간다

등짐 지듯 시간을 단봉單峯의 혹으로 떠메고 가는
낙타의 눈동자 속 붉은 구름 하나 빠져든다

목이 말라 목이 말라
몸 밖으로 빠져 나오지 못한 뼈마디들이
서걱거리며 모래바람 소리에 귀가 닳다
부서져 패총처럼 수북 쌓인 흰모래 언덕을
단봉의 낙타가 무심히 밟고 간다

낙타의 저 낡은 혹 하나 두고
쓰윽 쓰윽 날이 서는 내 녹슨 칼 하나

선인장의 편지 8
- 유성우流星雨

꼬리를 버리며 날카롭게 쏟아졌다 내 사막의 몸 곳곳에 꽂혔다 첫사랑처럼 불기둥이 솟았다 둥쿵거리며 물관이 물을 퍼 올리기 시작했다 불비 그치고 별 꺼진 사막의 밤

해가 뜨고 오래도록 해가 졌다 내 몸에 꽂힌 유성의 불꽃들은 식지 않았다 캄캄한 밤 잉걸불로 되살아났다 수십억 광년 저편 저 떠나온 우주와 깜박이며 교신했다 불꽃은 내 몸의 일부가 되었다 내 몸에 돋은 견고한 가시가 되었다 누가 내게 이 가시별들을 쏘아 보냈는가

캄캄한 우주, 수십억 광년 저편으로 나를 송신한다 가시별 깜박이며 초록의 불기둥 세운다 흰 꽃 피고 해가 뜨고 오래도록 해가 졌다

선인장의 편지 9
– 초록물고기

   수억만 년 전 바다가 통째로 화석이 되던 날, 나는 초록빛 물고기였다 죽음과 탄생이 공존하던 순간, 무호흡증의 공포를 뚫고 수면 위로 솟구쳤다 폭풍이 파란을 멈추고 물결무늬 사구砂丘로 굳던 찰나, 미처 빠져 나오지 못한 꼬리는 뿌리가 되었지 이따금씩 모래폭풍이 불었고 그 변신의 경계에서 흔들리며 나는 모래땅을 손톱이 빠지도록 움켜쥐었다

   그건 수억만 년 전의 이미지가 아니다 콱콱 숨이 막혀오는 지금 내 안의 풍경이다 몇 겹의 모래폭풍을 통과해야 한 생을 건널 수 있는지 다시 네 깊은 수심에 잠길 수 있는지 흔들릴 때마다 한 번씩 퇴화한 아가미를 숨벅인다 그러면 흰 꽃 하나 환히 열려 숨 막히는 열사熱沙의 바다에서 겨우 숨쉴 만해지는 것이다

선인장의 편지 10
– 수취인 불명

네게 띄운 마지막 편지가 사막 끝에서 되돌아왔다 수취
인 불명, 이제 내 몸은 풍화되어 소노라 사막의 일부가 될
것이다 몸 안에서 들끓던 언어들은 모래알로 부서져 내릴
것이다 모래의 언어를 읽고 고독한 인디언 청년 하나가 붉
은 암벽에 새겨 넣을 것이니

흙집 그늘에서 살갗 붉은 종족들이 화살촉을 퉁겼다네
릴리토 강江은 구백구십구일 밤을 날아갔다네 세헤라자데
는 내 혈관에서 빠져나온 전갈에 쏘였지 전갈은 진눈깨비
를 먹고 살았지만 낙타는 핏빛 일몰 속에 빠졌다는데 오래
도록 달이 뜨고 달이 졌다네 캄캄한 밤 유성우流星雨가 쏟아
졌으나

훗날 젊은 고고학자가 뚜벅뚜벅 걸어와 암벽의 그림문자
를 해독할 것이다

네 안에 이미 사막이 자라기 시작했으므로 나 또한 네 안
에서 뿌리내릴 것이다 뜨거운 모래알들이 일어나 저마다의
전언으로 빛날 것이니 곧 내 몸과 피……

매트릭스, 기둥선인장의 뿌리

사막에, 패스워드처럼 떨어지는 빗방울 서넛
기둥선인장의 밑둥치가 후드득 잠을 깬다
긴장의 미세한 울림이 모래 덮인 기억의 지표면을 따라
나노 초 동안 팔방으로 반경 27.5m를 뻗어간다
펼쳐지는 둥글고 거대한 신경망, 원의 끝을 오므려
010001101 빗물로 스미는 초록의 메시지를 수신한다
빗물 한 방울만 놓쳐도 초록의 회로가 닫혀 폐허가 되는
사막에, 빗방울로 떨어지는 패스워드를 향해
기억의 소자素子들이 한껏 입 벌리고 회로 끝까지 달려가는
사막에, 네 눈물처럼 떨어지는 별똥별 서넛
내 몸 속의 신경회로가 후드득 잠을 깬다
손상된 피톨들이 절룩이며 막다른 골목까지 달려가는
매트릭스, 사랑이며 절망인 내 거대한 뿌리

5부

뿌리에 숨겨둔 어둠의 힘

물박달나무

　봄이 여린 햇살을 뭉쳐 내시경을 만들었다 잿빛 나무껍질을 두드려본다 캄캄하다 내시경을 가지 찢어져 움푹 꺼진 옹이에 밀어 넣는다 둥근 우물벽에 두레박을 내리듯 물관을 따라 햇살 뭉치를 내려보낸다 나무 밑둥치에 웅크린 어둠이 놀라 견고한 힘으로 환한 빛 덩어리를 밀쳐낸다 안개와 바람이 힘을 겨루듯 어둠과 빛의 공방이 소리 없이 뜨겁다 오르는 신열을 견디지 못해 어둠은 자폭한다 밑둥치에서 치밀어 오르는 폭발의 힘이 가지 끝에 닿을 무렵, 헛구역질하듯 연두빛 잎새들을 토해낸다 오월에 터지는 꽃은 뿌리에 숨겨둔 어둠의 힘이다

새말, 낡은 집 1

그 집에선 새소리가 났다

주춧돌과 기둥이 만나서 지저귀고

기둥과 들보가 만나서 지저귀고

들보와 추녀가 만나서 지저귀고

추녀와 빗방울이 손끝을 놓으며 울었다

용마루와 기왓장이 어깨를 안고 울었다 그 집,

어른들 밭일 나가고 누이들 툇마루에서 곤히 잘 때

다섯 살 나 혼자 샛눈 뜨고 다 들었다

내가 일가를 이루어 한 채 집이 되었을 때

아, 그 새소리 누가 듣고 있나

새말, 낡은 집 2

혼자 남아 빈 집 지키는 일곱 살의 여름, 검은 옻칠 오동나무 뒤주도 텅 빈지 오래 뚜껑 닫고 웅크려 앉으니 캄캄하고 아늑해 조그맣게 노래 부르다 까무룩 잠이 드네

벽에 걸린 사진틀 속 낡은 내 아버지 여윈 팔 뻗어 묵직한 뒤주 뚜껑을 가만히 쓸어내리시네 선반 위 광석라디오에서 지직지직 소낙비 쏟아져 마당이 잠기고 꽃밭이 잠기고 빈 장독 둥둥 떠내려가네 내 공복의 잠 껴안고 떠내려가네 팔다 남은 계란 몇 알 품고 서른 홀어머니 돌아오시네 철벅철벅 물 깊은 동구 밖으로 돌아오시네

여름, 그 무겁던 잠 속의 라디오 소리 소낙비 소리 불 꺼진 아파트 작은 방은 뒤주 속처럼 캄캄하다네 식구들 깰까 소리죽여 노래 부르네 노래소리 따라 철벅철벅 돌아오시네 칠순의 어머니 동구 밖으로 돌아오시네

가문비나무는 침엽을 가졌다

너를 생각하는 내 혀끝에서 늘 침엽이 돋고
그 푸른 바늘로 너를, 네 몸 빈 구석 구석을
끝내는 견고한 네 심장벽의 중심을 찔러
솟는 한 방울 붉은 피를 혀끝으로 맛보고 싶다
아니다 내가 침엽의 마음을 가진 것은
허투로 드러난 내 마음의 부피를 한껏 줄여
비수 같은 네 사랑에 찔리지 않기 위해서다
가시 박힌 짐승처럼 울부짖지 않기 위해서다
사철 푸른 내 몸빛깔이 무섭다
네 붉은 피로 내 마음이 단풍들까 두렵다
바람에 흔들리다 제 심장을 찌르는, 나는,

선운사 보러 갔다가

선운사 보러 갔다가 절은 못보고
동구 밖 술청에서 밤새 술만 퍼마셨네

　복분자술 몇 모금에 목젖엔 쏙쏙 가시가 돋고 산딸기빛
취기를 거슬러 풍천장어떼가 내장 어둑한 수로를 어지러이
퍼덕인다 미당의 동백꽃은 아직 일러 피지 않았다는데 피
지도 않은 꽃 그림자가 선운사 고랑 타고 산사태로 쏟아져
내린다 동구 밖 술청들이 다 잠겨 목울대까지 차오른다 이
렇게 가라앉을 수는 없어 노송의 삽바를 잡고 물꼬를 트다
가 풀밭에 퍼질러 앉아 목쉰 육자배기나 한 자락 토해보려
는데 한밤내 이를 물고 악을 쓰는데 어둠은 수로 따라 칠산
앞바다로 빠져나간다 타다 만 숯토막 같은 어둠의 찌꺼기
들 모아 도솔암 능선 위로 화롯불 피우는

선운사 보러 갔다가 절도 안보고
와릉거리는 버스에 오르는 저 동백꽃들

만해사 卍海祠

목백일홍 두 그루가 쌍돛대처럼
사당을 지키고 선 오후의 뜨락
댓물 들어 퍼런 바람 몇 자락
뒷산 숲 속에서 흘러 내려와
담장 안 모든 것이 고스란히 뜬다
떠오른다 나룻배가 되어
홍성벌 서산들판으로 떠간다
고해苦海의 바다, 행인이 되어 배 젓는다
수의를 입은 목백일홍 흰 가지마다
한낮에도 발간 꽃등이 내걸리고
문상객 하나 없는 햇살 부서지는 뜨락에서

겨울 산

　푸른 허공에 바람 길이 보인다 그 길 따라 수만의 말들이
갈기를 날리며 무리 지어 달려간다 말들이 허공에 남긴 발
자국들은 아직 낮은 곳으로 내리지 못한 검은 나뭇잎으로
펄럭이고 사라져 간 길 끝자락을 부여잡은 채 골짜기들이
마지막 숨을 몰아 쉰다 다시 이명耳鳴처럼 다가오는 말발굽
소리 눈을 뜨면 나뭇잎 하나 꼭 쥔 손을 슬며시 풀어놓는
마른 가지 끝에서 새 한 마리 실 끊긴 연처럼 막 허공을 날
아오르는 겨울 산, 해가 기운다

겨울 대숲에서

내 몸의 관절을 다 헤아리면
대나무 마디 수만큼은 될까
겨울 대숲에서 참대들이
수십 개의 관절 마디 바람의 품에
툭, 툭, 푸는 소리 듣는다
칸칸의 빈 침묵들이
서로의 뼈와 뼈를 조율하는
절대음의 울림,
댓잎들이 수런거리며 묻는다
네 몸의 마디는 몇 개냐고
그 관절마다 이파리 파릇파릇 돋느냐고

내시경

　내 역겨운 속내를 다 들킬 것만 같다 흉부에 내장된 치욕
의 순간들까지 속속들이 모니터로 생중계 되는 건 아닐까
속수무책으로 누운 대뇌의 망막에 물구나무서는 잔상들

　물과 햇빛과 바람을 간질이며 반짝이는 대기 속 푸른 빙
어떼를 풀어주는 물푸레나무, 아름드리로 뿌리내리고 싶었
다 촉촉한 물기를 실뿌리로 빨아올려 온몸에 맑은 피가 돌
고 쿵쾅거리는 물관 따라 우듬지로 새털구름 피워 올리는

　기억의 주름을 더 깊숙이 헤집는 투명 카메라의 눈빛, 온
몸의 솜털 끝이 긴장한다 지직, 지--익, 모니터 화면이 일
그러진다 투사되기를 거부하는 종양 세포뭉치 같은 그런
내막이 있는 게다

　식도를 타고 동물성의 욕지기가 치밀어 오른다 명치께에
묵직한 돌뭉치를 젖먹던 힘을 다해 토해낸다 내 어깨 죽지
의 땀샘 구멍으로 수천의 연두 잎새들이 기를 쓰고 뻗어 나
와 푸드득 속 비워낸 나무를 끌고 날아오르는… 아,

투명 카메라의 불빛이 꺼진 캄캄한 몸 속
숨죽여 깜박이며 눈을 빛내는 세포뭉치가 있다

19세기미국시 수업

출석을 부른다 에머슨, 소로우, 휘트먼, 디킨슨… 포는 오늘도 결석이다 이 시간 진도는 미국시의 사적 개관, 내 시의 궤적을 개관해 볼까 청교주의 깃발 앞세워 메이플라워호를 타고 순례의 바다를 건넌다 내 이념의 깃발은 어떤 빛깔로 펄럭였나 기교의 언덕을 넘어 초월주의의 숲을 가로지른다 초월의 꿈은 울창한 잡목숲에서 길을 잃고 마주친 흰 절벽 위 큰바위얼굴들만 저마다 칼칼하게 목청을 돋군다

이명처럼 들리는 내 목소리에 귀 기울인다 흐려지는 시야, 토론을 붙여놓고 뒷자리에 가 앉는다 바닥에 깔린 삼월의 냉기를 발바닥으로 밀어낸다 슬몃 뒷문이 열린다 지각생 에드가 앨런 포가 스며든다 혼돈에 취해 아편연기처럼 사라진 시절을 재수강하는 걸까 꽃샘바람이 창유리의 멱살을 흔드는 19세기, 삼월의 해가 설핏하다

토탈 이클립스

방문 꽉 닫아걸고 백열등 필라멘트를 쏘아보며 몇 시간
째 비명을 지른 뒤 라면냄비에 가득 찬 물이 팔팔 끓고 증
발하고 바닥만 남는 순간을 지켜보다가 하얀 머그잔 속에
서 커피와 크림이 몸을 섞는 관계의 방정식을 그래프로 그
리는데 투명한 시럽이 곡선을 지우는 곡선을 타고 녹아내
리는 시월, 전화선 저쪽 끝에서 누군가 퓨즈가 타버린 수화
기를 들고 흐느낀다

거울, 저 환한 블랙홀

베란다에 나가 허수아비처럼 서있고 싶다
뚝뚝 물 떨어지는 셔츠 뼈만 남은 뼈에 걸쳐놓고
축축한 목숨 저무는 바람에 말리고 싶다

서서히 아주 조금씩 세상이 안팎을 뒤집어 입을 때쯤
방에 할로겐램프를 환히 켜고 전신거울 앞에 서서
몸 끄트머리를 유리면에 대고 꾸욱 누르고 싶다
스위치! 초고속으로 빨려 들어가는 이미지 파일

시클라멘의 이미지가 꽃잎꽃잎 피어오른다
스위치를 꺼도 세포분열을 멈추지 않는 꽃잎들
물러서서 물구나무로 서서 조심스럽게 아주 조금씩
걸어 들어가는 거다 거울의 저녁, 저 환한 블랙홀 속으로

칸나의 저녁

시월은 늘 그렇게 찾아온다
만취한 새벽 아파트 계단을 오르며 듣는
심장의 박동소리 섬세한, 황홀한,
가난한 마술사의 망토 밑에서
사라질 순간을 기다리는 배고픈 비둘기
마지막으로 술을 마신지 일주일이 지났다
굵어지는 빗줄기 속 칸나가 피어오르고
바흐가 잔뜩 흐린 얼굴로 꽃잎 오선지에
절제의 기하학을 꾹, 꾹, 새겨 넣는다
단 한 번도 악보대로 울린 적 없는 피아노
건반 위 후두둑 떨어지는 소주 방울들이
주름진 위벽을 향해 튀어 오르며 칸타타를 연주한다
시월, 그가 흰 지휘봉을 휘두르자
빗속으로 허기진 비둘기들이 날아오른다

야간 산행

표지판이 산의 중턱에 이르렀음을 알린다
턱까지 차오른 숨을 뱉으며 술병마개를 딴다
데킬라, 시간의 병목을 타고 흘러내리는 노란
목젖이 타는 명성산鳴聲山의 밤이다
내 방 벽에 산란하던 차가운 달의 빛살이
내 불면의 액자 속 노란 새들을 깨워
이 험준한 산길 이정표 앞에 세워놓았다
금관악기를 불 듯 볼을 부풀리는 새들
나무들이 뿜어내는 저음의 바다
수면 위로 취한 발들이 떠오른다
중력과 끊임없이 다투는 발, 피로한
발들이 신발을 하늘로 벗어던지고
억새풀 바람으로 춤을 춘다
갈라진 발바닥의 울음이 병목에 걸린
명성산, 바람 부는
생의 중턱이다

■ 시인의 꿈과 길

통점痛點의 꽃

1. 원심분리 파편으로 피는 붉은 꽃잎들

· 누군가 내 영혼의 빗장뼈를 밟을 때 내 안의 중심에 균열이 생긴다. 원자들이 쪼개지며 핵분열을 일으킨다. 원심에서 분리되어 파편으로 튀어나가는 날선 언어의 꽃잎들! 과녁은 당신의 심장이다.

· 프로스트가 눈내리는 저녁 〈숲은 아름답고 어둡고 깊다/하지만 지켜야 할 약속이 있고/잠들기 전 몇 마일을 더 가야 한다〉고 중얼거린다. 그러나 단풍나무숲으로 난 두 갈래 길이 있고 사람들이 덜 밟은 길 하나가 꿈결인 듯 흐르는 유사流砂의 유혹으로 다가온다면? 내 몸은 이미 사막의 속성을 닮아가고 있다면? 겨울 몽유夢遊의 숲, 불면의 나무들이 코카서스를 기어오른다. 산정山頂의 밤이 깊다. 빙벽에 사슬로 묶인 프로메테우스의 표정이 별자리로 떠오른다.

· 잉크빛 바다를 뒤집는 해일은 나비의 미세한 날갯짓이 누대에 걸쳐 지어낸 업(karma)이다. 형식은 내용의 확장이라는데 사막의 아침, 밀크위드 가지 위 모나크나비

(monarch butterfly) 떼의 장엄한 비행을 본다.

· 우구이수바리, 일명 꾀꼬리마루. 서른세 개의 방, 수십 개의 문을 닫고 들어앉은 언어를 암살하러 간다. 꾀꼬리를 울지 않게 하는 법 – 먹을 것을 준다, 친해질 때까지 참고 기다린다, 숨통을 끊어버린다. 시는 금칠 노송의 벽화 뒤에 숨은 닌자의 칼끝에서 번득인다.

· 이미지는 일순간에 지적, 정서적 복합체를 제시하는 것이다. 그러한 복합체의 순간적인 드러냄은 갑작스런 해방의 의식, 시간적 한계와 공간적 한계로부터의 해방의식, 그리고 우리가 가장 위대한 예술작품 앞에서 경험하는 갑작스런 성장의식을 고취시킨다(에즈러 파운드). 이미지의 발견은 죽은 자를 무덤에서 파내는 일이다(홍은택).

· 포르투갈의 민속음악 파두(Fado)를 듣는다. 운명, 숙명을 뜻하는 라틴어 〈Fatum〉에서 온 말이다. 뱃사람들의 험난한 삶과 슬픔의 파도 소리를 담은 이 음악을 처음 들은 건 겨울 어느 포구에서였다. 아말리아 로드리게스, 미샤에 이어 베빈다의 음반에 바늘을 올려놓는 그녀의 손끝이 섬세하게 떨리고 있었다. 사우다드(saudade), 사우다드!

· 예술가가 삶에 가치를 부여하는 유일한 수단은 삶을 상상력으로 인식하고 그것에 이름을 붙여주는 일이다. – 월

리엄 칼로스 윌리엄즈

· 술 마시는 일은 내 몸을 조금씩 지우는 일이다. 중력을
벗어나는 일이다. 육탈하는 몸피에 꽃 피우는 일이다.

· 핵융합은 핵분열의 다른 이름이다. 긴장이 구심력의
나사바퀴를 타고 무서운 속도로 조여온다. 과녁의 중심에
내 심장이 있다. 화살과 과녁이 접촉하는 순간 이미지가
폭발한다.

· 〈뱀을 기다리게 하라 잡초/밑에서…// 사람과 돌을 아
우를 때는/암유를 통해서/작문하라. (관념이 아닌/사물을
통해서) 창작하라!/쌕시프리지는 나의 꽃/그 꽃이 바위를
쪼갠다.〉 -「한 곡조의 노래」, 윌리엄 칼로스 윌리엄즈

· 산사山寺의 얼굴들로 인디밴드를 구성한다면? 기타에
아미타불, 드럼은 지장보살, 베이스에 석가모니불, 보컬은
미륵보살, 키보드는 팔이 천 개인 관세음보살이면 되겠다.
백 댄서는 오백 나한 중에서 선발하지. 저기 문수동자가 캐
스터네츠를 들고 뛰어온다. 오늘 첫 연주곡은 반야바라밀
다심경, 메트로놈을 부숴버려라! 백팔 비트로 경쾌하게 음
을 쪼개는 산중 콘서트, 저기 헤드뱅잉으로 몰아지경에 이
른 멤버가 누구지?

· 경經은 날개가 아니다. 새길수록 몸에 무거운 추를 달아주는 생의 가려움이다.

· 정선 카지노, 탄광까지 먹어치우는 자본주의의 탐욕스러운 식성에 전율하며 지독한 알콜 기운 속에 눈을 뜬 채로 잠이 들다.

2. 말발굽 아래 부서지는 알타이어의 관절들

· 유적은 늘 변화한다. 과거는 살아있는 것들과의 대화를 통해 늘 새롭게 자리매김되기 때문이다. 자동차로 여섯 시간을 달린 끝에 나바호 인디언 유적지에 당도했다. 해질 무렵까지 아스펜나무 숲 건너 벌집 같은 흙집들을 바라보았다. 이로써 이 폐허의 질서도 수정되었다.

· 생애 처음 말을 탄다. 이제 막 걸음을 떼기 시작한 어린아이의 보폭으로 베링해협을 건너온 알타이어의 숲을 더듬어 가는 어눌한 나의 말.

·

· 세도나 캐넌을 소요하다 코코펠리(Kokopelli)를 만났다. 그는 〈등 굽은 나무〉라는 이름을 지닌 북아메리카 호피족族 인디언의 신. 선사시대 이후 풍요, 다산, 음악, 춤의 신화적 상징이었던 그와 마주친 곳은 북유럽풍 거리의 기념품 가게 진열장이었다. 암벽화의 흔적으로 남은 그가 피리

불며 춤추는 곱사등이 혹은 등주머니를 멘 형상으로 나를 기다리고 있었다. 인디언들은 그의 등주머니 속에 씨앗이, 꽃이, 아기가, 노래가 들어 있다고 여겼다. 이른 봄, 붉은 먼지 날리는 언덕 위로 그가 피리를 불며 떠오르면 겨울 언 땅이 녹고 비가 내렸다. 마을을 돌며 그는 등주머니에서 옥수수 씨앗을 꺼내 사람들에게 심는 법을 가르쳤다. 산과 들판에 꽃들을 피워냈고, 불임의 아낙들을 수태로 이끌었다. 붉은 협곡 사이로 달이 뜨면 그는 피리를 불고 춤을 추며 온 들판을 헤매었다. 다음 날 아침, 들에 나온 사람들은 옥수수 줄기가 밤새 한 자씩 웃자라 있음을 보곤 했다. 그가 굽은 등으로 내게 말을 걸어왔다.

· 아메리카 인디언들의 혈거로 육화된 그들의 상형문자를 읽다.

· 실제로 시의 기발함이 지니는 한 가지 과오는 표현할 새로운 정서들을 찾으려 한다는 것이다. 이처럼 그릇된 곳에서 신기한 것을 찾으려다 보면 괴팍성만 발견하게 된다. 시인이 해야 할 일은 새로운 정서들을 찾아내는 것이 아니라 일상적인 정서들을 이용하여 그것들을 시 속에 다듬어 넣으면서 실제의 정서 속에 전연 들어있지 않던 감정들을 표현해내는 것이다. ― T. S. 엘리엇

· 주춧돌만 남아있던 남한산성 행궁터가 복원되고 있다.

시간의 식탐을 채워줄 향연의 식탁이 차려지고 있다.

· 집단무의식은 오랜 세월 짓눌려온 인류의 가위눌림이다.

· 시는 글 쓰는 자의 들숨과 날숨이다.

· 그림이 언어로 전이되는 과정에 음악이 스며든다.

· 장소가 곧 신화로 변신하는 지점이 있다. 끝내 이루어지지 않는 소망들이 향연香煙을 타고 올라 하늘의 신화가 된다.

· 낯선 여자에게서 낯익은 얼굴을 읽는다.

3. 통점痛點에서 꽃이 피다

· 소노라 사막의 흙집들

— 일 년의 시간을 북미대륙의 남서부 소노라 사막에서 보냈다. 멕시코 국경과 가까운 사막도시에 베이스캠프를 치고 북아메리카 인디언들의 유적을 하나하나 더듬었다. 붉은 흙먼지로 떠도는 그들의 영혼이 호흡을 타고 내 폐부로 스며들기 시작했다.

— 스무 시간의 비행 끝에 도착한 첫날의 느낌은 충격이었다. 코 속까지 달라붙는 마른 공기, 한적한 가로변에 늘어선 거대한 야자수, 눈을 뜨기 어려울 만치 부시게 쏟아지는 햇살……모든 것이 낯설고 기이했다. 가장 강렬한 인상은 가옥들의 빛깔과 형태로부터 왔다. 간간이 보이는 흰색과 분홍색을 제외한 대부분의 가옥이 황토색, 연한 갈색 또는 우중충한 회색에 가까웠다. 외부 형태의 골격은 흙벽돌로 쌓은 정육면체나 직육면체의 상자들을 조합하여 뒤집어놓은 듯했다. 그중 어느 하나를 다시 뒤집어보면 엘도라도 아니, 샹그리라로 넘어가는 비밀통로가 나타날 것만 같다.

— 아파트와 자동차를 구하기가 무섭게 시작된 짧고 긴 사막으로의 숱한 여행길에서 나는 다시 보았다. 마뉴먼트 밸리에서, 몬테주마 캐슬의 폐허에서 도시의 그것들과 같은 형태, 같은 빛깔의 쓰러져 가는 흙집들을 무수히 목격했다. 가장 단순한 형태에 자연의 빛깔을 입은 흙집들은 북미대륙 인디언들의 삶과 역사에 대한 은유이자 환유였다. 그 비유의 집들을 향해 사막의 태양이 〈무차별 기총소사機統掃射〉를 퍼붓고 있었다.

— 흙빛을 닮은 색채는 가옥의 외벽에 쏟아지는 태양의 복사열을 차단한다. 표면적을 최소화한 단순한 형태는 가옥이 태양빛에 노출되는 것을 줄여준다. 흙집은 북미인디언들의 슬기로운 삶의 지혜이자 생존을 위한 처절한 몸부

림의 소산이다. 나는 지금 그 몸의 언어가 풍화를 거듭하는 현장에 서있다.

― 소노라 사막에 살아온 인디언들에게 태양은 무엇이었을까. 곡식을 키우고 만물을 자라게 하는 오로지 숭배의 대상이었을까. 지표면을 향해 쏟아지는 강렬한 빛살이 그들의 생명의 기운을 증발케 하는 질곡의 근원은 아니었을까. 인간의 힘으로 도저히 저항할 수 없는 자연의 힘을, 그에 대한 증오를, 슬기롭게도 그들은 숭배의 대상으로 바꾸어 섬겼던 것은 아닐까. 증오가 숭배로 바뀌는 그 전환의 시간에 여명처럼 스며들었을 그들의 뼈 속 슬픔.

― 바닥이 드러난 강줄기가 목덜미를 타고 흐르는 것을 느끼며 바위산 꼭대기로 오른다. 기둥선인장이 듬성듬성 박힌 황야를 내려다본다. 광막한 황야에 납작 엎드린 흙집들의 외양이 안쓰럽다. 표면적을 줄이려 안간힘을 쓰는 그 흙집들의 윤곽 위로 북미대륙 인디언들의 다부진 골격이, 양팔을 벌리고 선 기둥선인장의 가시 돋은 몸통이, 한 몸으로 겹쳐진다. 허공을 떠도는 붉은 먼지바람에 눈을 뜰 수가 없다.

· 기둥선인장이라는 상징

― 기둥선인장은 북미대륙 남서부 소노라사막의 삶에 대

한 축도이고 상징이다. 사와로(Saguaro)라 불리는 이 선인
장은 이백 년 이상을 살 수 있다. 키가 15미터까지 자라고
무게는 10톤까지 나간다. 자동차 서너 대 만큼의 무게다.
그가 지탱하는 만큼의 무게에 견주어 이곳 사막 주민들 각
각이 견디는 생의 중력, 그 총계를 가늠해 본다.

— 기둥선인장은 땅 속 깊이 발을 뻗지 않는다. 사막의
살갗에 스며드는 빗물을 한 방울도 놓치지 않으려고 늘 땅
꺼풀 얕은 곳에 머문다. 그가 비 한 방울 없이도 일년 반 넘
게 버틸 수 있다는 걸 알았을 때, 내 콧속과 목젖은 이미 반
쯤 타들어 간 뒤였다. 여과 없이 폐 속에 침투한 바싹 마른
공기를 한껏 견뎌보기로 한다. 허파꽈리에 아연 긴장한 바
람이 분다.

— 70년이 넘으면 기둥선인장은 거의 6미터 정도로 키가
큰다. 그제서야 가지들이 옆구리에서 팔처럼 뻗어 나온다.
100년쯤 지나면 선인장은 마치 양팔을 니은 자로 벌린 안
테나의 형상이 된다. 불면의 밤들을 지나며 내가 전생의 연
인들로부터 해독할 수 없는 메시지를 수신한 것도 이 초록
의 안테나를 통해서였다.

— 기둥선인장은 아주 천천히 자란다. 50년이 지난 후에
야 정수리에서 흰, 노란, 붉은 색의 꽃들이 해마다 피어나
기 시작한다. 그 꽃들은 각각 하루 동안만 피었다 진다. 분

명 그 탓이었다. 해독할 수 없는 메시지에 대한 답장을 송신하기 위해 매일 밤 카탈리나 산꼭대기에 올랐다. 캄캄한 우주를 향해 흰 꽃잎을 열었으나 답신은 대기권을 벗어나기도 전에 삭제되었다.

— 사막의 밤, 유성우遊星雨가 쏟아졌다. 온 몸에 날카로운 가시별들이 박혔다. 내 몸을 곧추세우고 양팔을 벌려 스스로 안테나가 되기로 했다. 잉걸불 같은 가시별들 깜박이며 내가 떠나온 우주와 교신을 시도했다. 초록의 불기둥을 세웠다. 바닥이 드러난 릴리토 강 속으로 해가 뜨고 오래도록 해가 졌다.

— 사막의 아침, 곳곳에서 곤충과 동물과 새들이 기둥선인장을 향해 걷고 기어오르고 날아오른다. 이건 거대한 식물이 아니라 수백 종의 생명이 깃들어 사는 사막의 생태마을이다. 흰개미, 전갈, 방울뱀, 길르 딱따구리, 사막늑대……사막을 떠나며 내 시에 깃들어 사는 것들의 목숨을, 그들의 미약한 들숨과 날숨을 손끝으로 만져본다.

4. 뿌리에 숨겨둔 어둠의 힘

시는 어둠이다. 뿌리에 숨겨둔 어둠이다. 혹한의 겨울이 땅 밑으로 몰아넣은 반역의 에너지이다. 견고한 대리석에 억눌린 언 땅을 뚫고 연두빛 새순을 솟아오르게 하는 것은

이 반역의 힘, 상상의 에너지이다. 상상력은 어둠을 늘 어둠일 수 없게 만든다. 빛을 끌어들여 어둠과 힘 겨루게 한다. 밀고 밀치는 공방 끝에 신열身熱을 견디지 못한 어둠은 자폭한다. 폭발의 힘이 빛을 밖으로 밀어낸다. 연두빛 새순을 언 땅 밖으로 일 초에 백만분의 일 밀리미터씩 밀어낸다. 그리하여 시는 또한 빛이다. 땅을 가르고 하데스의 지하세계에서 돌아오는 봄의 여신 페르세포네이다. 지금, 여기, 연두빛 불꽃들이 온 들판 위로 전염병처럼 번져간다.

1958년 음력 11월 17일 경기도 광주근 대왕면 신촌리 212
번지에서 아버지 홍석호와 어머니 정갑희의 3남매
중 막내로 태어남.

1959년 아버지가 29세의 나이에 심장병으로 돌아가심.

1965년 개울 건너에 있는 서울시 강남구 세곡동 대왕국민
학교에 입학.

1968년 두 누나(수옥, 경옥)와 함께 서울 왕십리 무학국민
학교로 전학하여 자취생활.

1971년 성동중학교 입학.

1974년 고교 입학시험이 폐지되어 첫 추첨으로 서울시 강
남구 영동고등학교 입학. 문예반에 가입하여 시화
전, 연극, 교지 편집 등의 활동을 하며 습작시를 교
지와 학교신문에 게재함.

1975년 고향집을 팔고 서울로 이사.

1978년 한양대학교 문과대학 문학부 입학. 당시 문과대 학
장이시던 박목월 시인을 몇 번 먼발치로 뵈었으나
곧 타계하시고 후임 학장 조연현 선생께 문학개론
을 배움. 라미문학회에 가입. 주창윤, 조용미 등이
당시 함께 활동하던 회원들.

1979년 휴학 중 10.26사태가 터졌고 11월에 보충역으로 입
대.

1983년 한양대학교 대학원 영어영문학과 석사과정 입학.
학과사무실 조교로 근무.

1985년 2월 에즈러 파운드(Ezra Pound)의 「Hugh

Selwyn Mauberley와 소외의식」으로 석사학위 취득 후 3월에 박사과정 입학. 광운대, 한양대 등 여러 대학에서 강의를 시작함.

1986년 라미문학회 후배인 동화작가 류미원과 결혼.

1987년 우정의 사절단(Friendship Force) 일원으로 미국을 방문하여 올랜도, 덴버, 시카고 등을 둘러봄.

1989년 아들 승우가 태어남.

1991년 객원연구자(Visiting Scholar)로 미국 미시간 주 디트로이트에 소재한 웨인주립대학교 영문과에 1년간 머무르며 박사학위 논문을 씀.

1992년 북부 미시간 주 디트로이트에서 남부 조지아 주 애틀랜타까지 자동차로 미국 종단 후 귀국. 12월에 딸 유경이가 태어남.

1993년 신동춘 시인의 지도로 논문「William Carlos Williams의 *Paterson*에 나타난 지역성 연구」를 제출하고 박사학위 취득.

1994년 대진대학교 인문대학 영어영문학과 전임강사가 됨.

1996년 대진대학교 기획처 홍보실장으로 재직하며 중국 하얼빈, 북경 등을 방문.

1997년 미국 뉴욕에서 한 달간 체류하며 메트로폴리탄 박물관, 현대 미술관, 휘트니 미술관 등 각종 미술관, 박물관을 돌아봄.

1998년『윌리엄 칼로스 윌리엄즈의 시세계』(동인) 출간.

1999년 계간시지『시안』에「겨울산」외 4편으로 시부문 신

인상 수상. 라드니 타이슨(Rodney E. Tyson) 교수와 『시안』 겨울호부터 번역노트를 덧붙인 한국시 영역 코너를 연재하기 시작함.

2001년 연구년으로 미국 애리조나 주 투산에 소재한 애리조나주립대학교에 1년간 체류. 사와로 선인장의 군락지를 돌아보며 「선인장의 편지」 연작을 씀. 그랜드 캐년, 세도나 캐년 등의 협곡과 아메리카 인디언 유적지인 몬테주마 캐슬, 마뉴먼트 밸리 등을 탐사. 「흰꽃, 정수리에서 터지다」, 「코코펠리 1·2·3」, 「마뉴먼트 밸리」, 「돈테주마 캐슬」, 「나바호 인디언 유적지에서」, 「매트릭스, 기둥선인장의 뿌리」 등을 씀.

2003년 『시안』에 삼년간 연재했던 영역시를 묶어 『영어로 읽는 한국의 좋은 시』(문학사상사) 출간. 논문 「영미 이미지즘 이론의 한국적 수용 양상」(『국제어문』).

2004년 논문 「영미 모더니즘과 현대시의 모더니티」(『작가연구』).

2005년 문예진흥원 개인 창작집발간 기금 수혜. 『시로 여는세상』에 「타이슨·홍은택 교수의 영역시 산책」 연재 시작. 시집 『통점痛點에서 꽃이 핀다』(황금알) 발간.